W9-BOD-024

—¡Son hormigas soldado! —gritó Jack con desesperación—. ¡Hay más de un millón!

—¿Dónde? —gritó Annie.

Los dos se quedaron inmóviles en el lugar, mirando para todos lados con los ojos desorbitados.

—¡Allá! —gritó Annie.

¡Millones y millones de hormigas soldado se aproximaban marchando sobre las hojas secas!

—¡Corramos hacia la casa del árbol! —gritó Annie.

—¿Dónde está? —preguntó Jack mirando hacia todos lados. Todos los árboles parecían idénticos. ¿Dónde estaría la escalera?

La casa del árbol #6

Una tarde en el Amazonas

Mary Pope Osborne
Ilustrado por Sal Murdocca
Traducido por Marcela Brovelli

LECTORUM
PUBLICATIONS INC

Para Piers Pope Boyce

UNA TARDE EN EL AMAZONAS

Spanish translation copyright © 2004 by Lectorum Publications, Inc.
Originally published in English under the title
MAGIC TREE HOUSE #6: Afternoon on the Amazon
Text copyright © 1995 by Mary Pope Osborne.
Illustrations copyright © 1995 by Sal Murdocca.

All rights reserved under International and Pan-American Copyright
Conventions. No part of this book may be reproduced or transmitted in
any form or by any means, electronic or mechanical, including photocopy-
ing, recording, or by any information storage or retrieval system, without
permission in writing from the Publisher. For information regarding permission, write to Lectorum Publications, Inc., 205 Chubb Avenue, Lynd-
hurst, NJ 07071.

Published by arrangement with Random House Children's Books,
a division of Random House, Inc., 1745 Broadway, New York, NY 10019.

MAGIC TREE HOUSE ®
Is a registered trademark of Mary Pope Osborne, used under license.

978-1-930332-67-6

Printed in the U.S.A.

Library of Congress Cataloging-in-Publication Data.

Osborne, Mary Pope.
    [Afternoon on the Amazon. Spanish]
    Una tarde en el Amazonas / Mary Pope Osborne ; ilustrado por Sal
Murdocca ; traducido por Marcela Brovelli.
        p. cm. — (La casa del árbol ; #6)
    Summary: Eight-year-old Jack, his seven-year-old sister, Annie, and
Peanut the mouse ride in a tree house to the Amazon rain forests, where they
encounter giant ants, flesh-eating piranhas, hungry crocodiles, and wild
jaguars.
    ISBN 1-930332-67-X (pbk.)
    [1. Rain forests — Fiction.   2. Rain forest animals — Fiction.
3. Adventure and adventurers — Fictions.   4. Tree houses — Fiction.
5. Amazon River Valley — Fiction.   6. Spanish language materials —
Bilingual.]   I. Murdocca, Sal, ill.   II. Brovelli, Marcela.   III. Title.
PZ73.0745 2004-03-05
[Fic] — dc22   2004001720

ÍNDICE

Prólogo

Un día de verano, en el bosque de Frog Creek, Pensilvania, de pronto, apareció una casa de madera en la copa de un árbol.

Jack, un niño de ocho años, y su hermana Annie, de siete, al pasar por allí, treparon al árbol para ver la casa de cerca.

Al entrar, se encontraron con un montón de libros desparramados por todos lados.

Muy pronto, Annie y Jack descubrieron que la casa del árbol tenía poderes mágicos, capaces de llevarlos a los sitios ilustrados en los libros con sólo apoyar el dedo sobre el dibujo y pedir el deseo de ir a ese lugar.

1

Así, Annie y su hermano viajaron a la época de los dinosaurios, de los caballeros, de las pirámides, de los piratas y a la época de los ninjas en Japón.

Durante sus travesías, Annie y Jack descubren que la casa del árbol pertenece a Morgana le Fay, una bibliotecaria con poderes mágicos que, desde la época del Rey Arturo, ha viajado a través del tiempo y del espacio en busca de libros para su colección.

En su última aventura, *La noche de los ninjas*, Annie y Jack advierten que Morgana ha sido hechizada. Para liberarla, Jack y su hermana deben hallar cuatro cosas muy especiales.

En Japón, a muchos años de nuestra época, los niños encuentran la primera cosa: una piedra de mármol.

En esta nueva aventura, *Una tarde en el Amazonas*, Annie y Jack están a punto de ir en busca de la segunda cosa para ayudar a su amiga Morgana.

1
¿Dónde está Miki?

—¡Apúrate, Jack! —gritó Annie mientras corría hacia el bosque de Frog Creek.

—¡Todavía está aquí! —dijo ella en voz alta.

Jack alcanzó a su hermana y ambos se quedaron parados junto al enorme roble.

De pronto, Jack miró hacia arriba; la casa del árbol resplandecía con la luz del atardecer.

—¡Espéranos, Miki! ¡Ya vamos! —gritó Annie.

Y comenzó a subir por la escalera de soga y madera.

Así, escalón a escalón, uno detrás del otro, subieron por la escalera hasta que, por fin, entraron en la casa.

—¿Miki? ¿Dónde estás? —preguntó Annie.

Jack se sacó la mochila de la espalda y miró a su alrededor.

El sol iluminó una de las tantas pilas de libros que había allí. Libros sobre ninjas, piratas, momias egipcias, caballeros medievales y dinosaurios.

La letra M brillaba sobre el suelo de madera. Era la M de Morgana le Fay.

—No creo que Miki esté aquí todavía —comentó Jack.

—¿Adónde habrá ido esa bandida? —preguntó Annie.

—¿Esa bandida? —agregó Jack.

—Creo que Miki es una hembra, Jack.

—¿Cómo te diste cuenta?

—Lo sé, es una hembra —explicó Annie.

—¡Vaya! —exclamó Jack.

¡Cric!

Annie sonrió.

—¡Mira, Jack!

Sobre el suelo de la casa, había una media rosada que se movía de acá para allá. El día an-

terior, Annie se había quitado una de sus medias para que el ratón durmiera dentro de ella.

Annie se agachó para agarrar la media.

Cric.

Una diminuta cabeza de color marrón y blanco se asomó desde el interior de la media de Annie y se quedó observando a los niños con sus enormes ojos.

Jack comenzó a reírse.

—Hola, Miki —dijo.

—¿Hoy también nos vas a ayudar, Miki? —preguntó Annie.

En la época de los ninjas, Jack y su hermana se perdieron en la oscuridad de la noche y Miki los ayudó a encontrar el camino.

—Tenemos que encontrar las tres cosas que nos faltan para liberar a Morgana del hechizo —dijo Annie.

Jack se acomodó los lentes y dijo:

—Primero, tenemos que encontrar una pista que nos revele por dónde empezar.

—Adivina qué —agregó Annie.

—¿Qué pasa? —preguntó Jack.

—Creo que no tenemos que ir muy lejos —contestó Annie, señalando hacia un rincón de la casa.

Allí, entre las sombras, Jack vio un libro abierto.

2

Insectos gigantes

—¡Guau! —exclamó Jack al agarrar el libro—. Ayer, el libro que estaba abierto era el de los ninjas. ¿Quién habrá abierto este otro? —preguntó.

Cerró el libro y miró la tapa.

En ella, se veía el dibujo de un bosque con una vegetación sumamente abundante. Los árboles eran altísimos y estaban uno al lado del otro, como si estuvieran pegados.

El título del libro era: *El bosque tropical.*

—¡Uy! ¡Genial! —dijo Jack.

—¡Uy! ¡No! —exclamó Annie.

—¿Qué sucede? —preguntó Jack.

—Yo estudié el bosque tropical en la escuela. Está repleto de arañas y de insectos gigantes —comentó Annie.

—Ya lo sé. Y la mitad de todos esos insectos ni siquiera tienen nombre.

—Me da miedo, Jack.

—No debes tener miedo a la naturaleza —dijo Jack. Estaba deseoso de tomar notas sobre el bosque tropical. Quería escribir algo sobre cada insecto y, también, buscarles un nombre.

—¡Qué asco me dan los insectos! —dijo Annie retorciéndose.

—Hay algo que no entiendo —agregó Jack—. Los dinosaurios no te dieron miedo.

—Sí, ¿y? —exclamó Annie.

—Tampoco te asustaste cuando viste a los guardias del castillo y al fantasma de la momia.

—¿Y? —exclamó Annie.

—Tampoco te dieron miedo ni los piratas ni los ninjas.

—Sí. Y con eso qué...

—Tú no le tienes miedo a las cosas que son realmente peligrosas. Y, sin embargo, te asustan las arañas y los insectos. Eso no tiene sentido —dijo Jack.

—Sí, ¿y?

—Escúchame, Annie —dijo Jack resoplando—. Si queremos ayudar a Morgana tendremos que ir al lugar que aparece en el dibujo. ¿Por qué crees que el libro estaba abierto en esta página y no en otra?

—Ya lo sé —agregó Annie frunciendo el ceño.

—Además, están talando los árboles de los bosques tropicales. ¿No tienes ganas de conocer el bosque antes de que sea demasiado tarde?

Annie respiró hondo y asintió con la cabeza, lentamente.

—De acuerdo. Entonces, vamos —dijo Jack.

Volvió a abrir el libro y apoyó el dedo sobre el dibujo: un paisaje con flores de

colores brillantes, follaje muy verde y un cielo azul.

—Queremos ir a este lugar —expresó Jack.

De pronto, el viento comenzó a soplar.

Cric.

—Quédate aquí, Miki —dijo Annie, colocándola en el bolsillo de su camiseta.

El viento sopló con más fuerza. La casa del árbol comenzó a girar sobre sí misma.

Jack cerró los ojos.

El silbido del viento era cada vez más intenso. La casa giraba cada vez más y más rápido.

Luego, todo quedó en silencio.

Un silencio absoluto.

Hasta que, de repente, extraños sonidos de animales salvajes quebraron el silencio de la tarde.

¡Bzzzzzz!

¡Grrrrr!

3

¡Guau!

Jack abrió los ojos.

El aire era pesado y hacía calor.

—Creo que aterrizamos en medio de algunos arbustos —dijo Annie asomada a la ventana. Miki observaba todo desde su escondite, el bolsillo de Annie.

Jack se acercó a su hermana para conocer el nuevo paisaje.

La casa del árbol se encontraba sobre un lecho de hojas muy verdes y brillantes. A lo lejos, se veían flores silvestres, mariposas de colores muy brillantes y pájaros de todas las especies.

—Esto es muy raro —comentó Jack—.

¿Por qué no aterrizamos en un árbol como siempre?

—No lo sé —contestó Annie—. Mejor busquemos la *cosa* que nos falta para ayudar a Morgana. Así podremos irnos a casa antes de encontrarnos con algún insecto gigante.

—Espera. Esto es muy extraño —dijo Jack—. Todavía no entiendo por qué no aterrizamos en la copa de un árbol, como hacemos siempre. Va a ser mejor que consulte el libro.

—No, Jack, no perdamos tiempo. Vamos, si ni siquiera tenemos que bajar por la escalera.

Annie guardó a Miki en el bolsillo y sacó una pierna por la ventana.

—Espera —gritó Jack agarrando a su hermana de la otra pierna.

El bosque tropical consta de tres capas. La última, la más alta, está formada por árboles de copas muy tupidas que, a menudo, alcanzan unos 150 pies de al-

tura. A esta tercera capa se la denomina
follaje. Debajo de ella, se encuentra la
segunda capa. Y, debajo de ésta; el suelo
del bosque.

—Vuelve acá, Annie. Debemos de estar a
más de 150 pies del suelo. ¡Estamos en el follaje del bosque!

—¡Oh, oh! —exclamó Annie alejándose de la ventana.

—Tenemos que usar la escalera —comentó Jack. Se arrodilló y sacó las hojas que tapaban el agujero del suelo de la casa. Luego miró hacia abajo.

La escalera parecía colgar entre las ramas de un árbol gigante que no tenía fin. Jack no podía ver más allá de las ramas.

—No puedo ver qué hay allá abajo. Debemos tener cuidado —dijo.

Después guardó el libro del bosque tropical en la mochila, puso un pie en la escalera y comenzó a bajar.

Annie lo seguía un poco más atrás, con la pequeña Miki en el bolsillo.

Jack continuó cuesta abajo, apartando las ramas a su paso, hasta alcanzar la segunda capa, debajo del follaje.

Cuando miró el suelo del bosque, advirtió que todavía estaba demasiado lejos para alcanzarlo.

—¡Caray! —susurró.

Esta nueva parte del bosque era muy diferente a la que se encontraba a muchos pies más arriba.

Ahora, sin la luz del sol, el aire era más frío. Había humedad y un gran silencio.

Jack no podía dejar de temblar. Era el sitio más tenebroso que había visto en su vida.

4

¡Son un millón!

Mientras observaba el suelo del bosque tropical, Jack se quedó como una estatua.

—¿Qué sucede? —preguntó Annie desde arriba.

Jack no contestó.

—¿No habrás visto alguna araña gigante, no? —preguntó Annie.

—Bueno... no —agregó Jack.

"Tenemos que seguir adelante", pensó. Él y su hermana debían encontrar la cosa especial para Morgana.

—No, Annie. No hay arañas ni nada que pueda asustarte —dijo Jack, reanudando la marcha cuesta abajo.

Annie y su hermano atravesaron la segunda capa del bosque, hasta que, por fin, alcanzaron el suelo.

Sólo unos pocos rayos lograban colarse por entre la tenebrosa penumbra.

Los árboles eran altísimos, sus copas muy amplias. Por todos lados colgaban enredaderas interminables revestidas con moho. El suelo estaba cubierto de hojas muertas.

—Creo que primero tengo que consultar el libro —comentó Jack.

Sacó el libro del bosque tropical de la mochila. Y entre sus páginas, encontró el dibujo de un extraño mundo sumergido debajo de la copa de los árboles. Al lado del dibujo decía:

Muchas de las criaturas vivientes que habitan el bosque tropical, debido al color y la forma de su piel, se confunden con el ambiente que las rodea, como si fueran parte de él. A este fenómeno se le denomina mimetismo.

—¡Increíble! —exclamó Jack. Cerró el libro y miró a su alrededor.

—Allí abajo hay millones y millones de criaturas que nosotros ni siquiera podemos ver.

—¿De veras? —susurró Annie.

Ella y su hermano se quedaron estáticos contemplando la vegetación. Jack sentía la mirada de las criaturas escondidas en cada lugar del bosque.

—Vamos, Jack, apúrate. Tenemos que buscar la cosa que necesitamos para rescatar a Morgana —susurró Annie.

—¿Cómo sabremos que hemos encontrado una de las cuatro cosas? —preguntó él.

—Creo que cuando la tengamos delante de nuestros ojos, lo sabremos —explicó Annie, internándose en la penumbra del bosque tropical.

Jack la seguía unos pasos más atrás, abriéndose camino entre árboles gigantescos y enredaderas interminables que colgaban de lo alto.

De pronto, Annie se detuvo.

—Espera, ¿qué es eso? —preguntó.

—¿Qué cosa?

—¿No oyes ese ruido?

Jack trató de prestar atención. En ese instante, oyó que algo crujía, como si una persona caminara sobre hojas secas. Miró a su alrededor, pero no vio a nadie.

Sin embargo, el ruido era cada vez más intenso.

¿Era un animal? ¿Un insecto gigante? ¿Alguno de esos que aún no tenían nombre?

En ese momento, el bosque tropical volvió a la vida.

Los pájaros comenzaron a huir de sus nidos en bandadas. Los sapos saltaban entre las hojas secas. Los lagartos y las lagartijas se desplazaban por los troncos de los árboles.

El extraño ruido crecía más y más.

—Me voy a fijar en el libro, tal vez allí encuentre algo importante —dijo Jack. Cuando lo abrió, encontró un dibujo en el

que se veían cientos de animales corriendo a
la vez. Debajo del dibujo decía:

> Cuando los animales oyen el crujido de
> las hojas secas, huyen despavoridos al
> instante. Este extraño sonido advierte a
> las criaturas del bosque de la presencia

de las hormigas soldado. Esta clase de hormigas se caracteriza por ser carnívora.

—¡Son hormigas soldado! —gritó Jack con desesperación—. ¡Hay más de un millón!

—¿Dónde? —gritó Annie.

Los dos se quedaron inmóviles en el lugar, mirando para todos lados con los ojos desorbitados.

—¡Allá! —gritó Annie.

¡Millones y millones de hormigas soldado se aproximaban marchando sobre las hojas secas!

—¡Corramos hacia la casa del árbol! —gritó Annie.

—¿Dónde está? —preguntó Jack mirando hacia todos lados. Todos los árboles parecían idénticos. ¿Dónde estaría la escalera?

—¡No importa, corre! —dijo Annie en voz alta.

Jack y su hermana corrieron sobre las

hojas secas, por entre los enormes troncos de los árboles, atravesando las interminables enredaderas colgantes y las enormes raíces que sobresalían de la tierra.

A lo lejos, Jack vio una parte del bosque iluminada por los rayos del sol.

—¡Por allá! —dijo en voz alta.

Annie y su hermano corrieron por entre los árboles hacia el claro del bosque.

De pronto, inesperadamente, se encontraron junto a la orilla de un río. Annie y Jack contemplaron el agua serena de color marrón.

—¿Crees que las hormigas llegarán hasta acá? —preguntó Annie con ansiedad.

—No lo sé —contestó Jack—. Pero si nos metemos en el agua, estaremos a salvo. Las hormigas no podrán seguirnos. Vamos.

—¡Mira! —dijo Annie señalando un enorme tronco ahuecado por dentro, que flotaba cerca de la orilla.

—Parece una canoa —dijo Jack, cuando,

a lo lejos, se oyó el crujido de las hojas secas.

—¡Subamos rápido al tronco! —sugirió Annie.

Jack guardó el libro en la mochila y, con sumo cuidado, ambos subieron al tronco ahuecado.

Annie trató de alejar el tronco de la orilla remando con los manos.

—¡Espera! —dijo Jack—. No tenemos remos.

—¡Oh, oh! —exclamó Annie.

Lentamente, la canoa comenzó a desplazarse cuesta abajo por el fangoso río.

5

Peces de colores

Cric.

Annie acarició la cabeza de Miki.

—No tengas miedo —le dijo—. Las hormigas no podrán alcanzarnos. En el agua estamos a salvo.

—Sí, estamos a salvo de las hormigas. Pero, ¿quién sabe hacia dónde nos llevará la corriente? —preguntó Jack.

Los niños contemplaron el río; las ramas de los árboles se extendían por encima del agua. Cientos de enredaderas cubiertas con moho colgaban de los árboles.

—Va a ser mejor que consulte el libro —dijo Jack mientras sacaba el libro del bosque tropical de la mochila. Al hojearlo, encontró el dibujo de un río, que decía:

El río Amazonas tiene una longitud de 4.000 millas. Nace en las montañas de Perú, atraviesa Brasil y desemboca en el océano Atlántico. La cuenca del Amazonas alberga más del 50% de los bosques tropicales de todo el mundo.

Jack miró a su hermana.

—Estamos en el Amazonas —dijo—. ¡Este río tiene más de 4.000 millas de largo!

—¡Guau! —murmuró Annie mirando el río con la mano en el agua.

—Tengo que anotar algunas cosas —comentó Jack. Sacó el cuaderno de la mochila y escribió lo siguiente:

El bosque tropical del Amazonas es

—Jack, mira qué bonitos son esos peces. Mira sus dientes —agregó Annie.

—¿Qué? —preguntó Jack dejando el libro a un lado.

Annie señalaba unos peces de color azul que nadaban muy cerca de la canoa. Tenían la panza colorada y dientes afilados y puntiagudos, como sierras.

—¡Cuidado! —gritó Jack—. Esos peces son muy peligrosos, Annie. Son pirañas. ¡Se comen todo lo que encuentran a su paso! ¡Incluso a la gente!

—¡Oh, oh! —susurró Annie.

—Será mejor que volvamos a la orilla —dijo Jack mientras guardaba los libros en la mochila.

—¿Qué dices? —preguntó Annie—. No podemos meternos en el agua, y tampoco tenemos remos.

Jack trató de mantener la calma.

—Tenemos que idear un plan —dijo.

Y se quedó mirando el agua. Muy pronto, la canoa pasaría por debajo de las enredaderas colgantes.

—Voy a tratar de alcanzar alguna de esas enredaderas —agregó—. Así podremos acercarnos a la orilla.

—Buena idea —dijo Annie.

En cuanto la canoa estuvo debajo de las ramas, Jack se puso de pie con tanto ímpetu que casi se cae al agua.

—Trata de equilibrar la canoa —dijo.

Annie se inclinó hacia un costado. Jack se estiró hacia adelante, pero no pudo alcanzar ninguna enredadera.

La canoa se acercó a un lugar con más ramas.

De pronto, Jack se estiró lo más posible.

¡Esta vez tuvo suerte! Sólo que la enredadera estaba demasiado fría y escamosa. ¡Y se meneaba y se retorcía constantemente!

—¡*Ayyyy!* —exclamó Jack espantado mientras se sentaba en la canoa.

¡La enredadera estaba viva!

¡Era una larga serpiente de color verde!

El reptil cayó al agua y se alejó nadando.

—¡Qué horror! —exclamó Jack.

Annie y su hermano se miraron a los ojos, horrorizados.

—¿Y ahora qué hacemos? —preguntó Annie espantada.

—Bueno... —dijo Jack, pensativo, mientras contemplaba el río. Ya no se veían más enredaderas. Pero, de repente, divisó una rama enorme que flotaba cerca de la canoa.

—Trata de agarrar esa rama, Annie. Tal vez podamos usarla como remo.

Annie trató de agarrarla.

Pero, de pronto, ¡la rama saltó en el aire!

¡Era un *cocodrilo!*

—¡Socorro! —gritó Annie desplomándose sobre el suelo de la canoa.

El cocodrilo abría y cerraba la enorme boca sin cesar. Luego, pasó junto a la canoa y se alejó corriente arriba.

—¡Qué susto! —murmuró Jack.

Inesperadamente, se oyó un chillido.

Annie y Jack saltaron espantados.

—¡Socorro! —gritó Jack, preparándose para ver otra temible criatura.

Sin embargo, sólo vio un pequeño mono de color marrón que se sostenía de una rama con la cola.

6
Monerías

Cric. Cric.

Miki asomó inmediatamente la cabeza afuera del bolsillo de Annie. Parecía gritarle al mono colgado de la rama.

—No te preocupes, Miki —dijo Annie—. Sólo es un pequeño mono, no nos hará daño.

De repente, el mono arrancó una fruta del árbol y la arrojó con fuerza a la canoa.

—¡Cuidado! —gritó Jack.

¡Plaf! La fruta cayó en el agua.

El mono chilló más fuerte aún.

Luego arrancó otra fruta.

—¡Deja de tirarnos eso! —dijo Annie en voz alta.

El mono volvió a tirar la fruta que tenía en la mano.

Annie y Jack se agacharon para esquivarla y ésta volvió a caer en el agua.

—¡Deja de molestarnos! —gritó Annie.

Sin embargo, el mono continuó chillando enloquecido, haciendo señas con los brazos.

—¡Cielos! ¡No lo puedo creer! —dijo Jack.

El mono volvió a arrancar otra fruta y se la arrojó a los niños. Esta vez, el proyectil dio en el blanco, justo en el medio de la canoa.

Annie agarró la fruta, se puso de pie y se la lanzó al mono.

Mal tiro. La canoa se balanceó bruscamente y Annie casi se cae al agua.

Los chillidos del mono eran ensordecedores.

—¡Vete de aquí! ¡Eres un salvaje! —gritó Annie.

Los chillidos del mono se detuvieron al instante.

La traviesa criatura miró a Annie y se esfumó entre los árboles.

—Creo que herí sus sentimientos —dijo ella.

—¿A quién le importa eso? —agregó Jack—. Después de todo, él no fue muy gentil con nosotros.

—¡Oh, oh! Está lloviendo —dijo Annie.

—¿Cómo? —Jack miró hacia arriba y una gota le cayó en el ojo.

—¡Uy, no! Esto es lo único que faltaba —dijo.

—¿Qué esperabas? Estamos en el bosque tropical, ¿lo recuerdas?

Una ráfaga de viento hizo tambalear la canoa.

Un trueno estremeció el cielo.

—Es muy peligroso estar en el río durante una tormenta. Tenemos que volver a la orilla ahora mismo —dijo Jack.

—Sí, pero, ¿cómo? No podemos meternos en el agua y tampoco tenemos remos.

Las pirañas, el cocodrilo y la serpiente nos atacarían.

De repente, se oyó un chillido muy familiar.

—Uy, otra vez —dijo Jack. El mono había regresado.

Pero esta vez no tenía una fruta en la mano, sino un enorme palo, con el que apuntaba a la canoa.

Jack se agachó de inmediato. ¿Acaso aquel mono salvaje planeaba usar el palo como lanza?

Annie se puso de pie y se enfrentó al mono.

—¡Cuidado, Annie! ¡Ese mono está loco!

Pero el animal se quedó mirando fijo a Annie y ella también a él.

Después de un rato largo, el mono pareció sonreírle.

Annie también le sonrió.

—¿Qué pasa aquí? —preguntó Jack.

—Quiere ayudarnos —contestó Annie.

—¿Qué? —volvió a preguntar Jack.

El mono extendió el palo. Annie agarró uno de los extremos.

Y el mono comenzó a arrastrar la canoa hacia él.

Así, poco a poco, logró llevar la canoa hasta la orilla.

7

¡No te muevas!

Annie y Jack saltaron fuera de la canoa.

Había comenzado a llover copiosamente.

En ese instante, el mono se alejó de rama en rama, río arriba.

Luego, dejó oír su chillido y le hizo una seña a los niños.

—¡Quiere que lo sigamos! —comentó Annie.

—¡No podemos! Tenemos que encontrar la cosa para Morgana. ¡Y después debemos volver a casa! —dijo Jack.

—¡Pero quiere ayudarnos —dijo Annie, y salió corriendo en busca del mono.

Ella y el mono desaparecieron en medio de las sombras del bosque tropical.

—¡Annie!

Un trueno volvió a estremecer el cielo.

—¡Caray! —exclamó Jack.

Y salió en busca de su hermana por el oscuro bosque tropical.

De forma sorpresiva e inesperada, el bosque perdió su humedad habitual. Jack miró hacia arriba. Todavía seguía lloviendo, aunque las copas de los árboles hacían de paraguas gigantes.

—¡Annie!

—¡Jack! ¡Jack! —gritó ella.

—¿Dónde estás?

—¡Aquí!

Jack corrió a buscar a Annie, siguiendo el sonido de la voz de su hermana.

Muy pronto, Jack logró encontrar al mono, que chillaba y se balanceaba sin parar colgado de una rama.

Annie estaba arrodillada en el suelo, acariciando un pequeño animal parecido a un gato, sólo que mucho más grande.

—¿Qué animal es ese, Annie?

—No lo sé, pero... ¡me encanta! —respondió ella.

Annie jugueteaba con las patas del animal. Un extraño gato gigante de pelaje dorado y manchas negras.

—Será mejor que averigüe qué animal es —dijo Jack. Sacó el libro de la mochila y lo hojeó rápidamente.

—Oh, es tan bonito —dijo Annie.

Jack encontró el dibujo de un animal con pelaje dorado y manchas negras. Luego leyó lo que decía más abajo:

El jaguar es el depredador más peligroso del hemisferio oeste.

—Olvídate de ese animal, Annie. Debe de ser un cachorro de jaguar. Cuando crezca se convertirá en el depredador más peligroso del lugar.

—¿Qué es un depredador? —preguntó Annie.

¡Grrrr! Se oyó de pronto.

Jack miró a su alrededor.

La madre del cachorro, que estaba escondida detrás de un árbol, se aproximaba a Annie lentamente.

—¡No te muevas, Annie! —murmuró Jack.

Annie se quedó tiesa como una estatua. Pero la madre del pequeño jaguar estaba cada vez más cerca de ella.

—¡Socorro! —gritó Jack casi sin voz.

De pronto, el mono se abalanzó desde el árbol y le tiró de la cola al jaguar.

El feroz animal rugió enfurecido.

Annie se alejó del cachorro de un salto.

El mono volvió a tirar de la cola del jaguar, luego la soltó y salió corriendo.

La madre del jaguar corrió como una flecha detrás del mono.

—¡Corre, Annie! —gritó Jack.

Ambos huyeron por el bosque lo más rápido posible. ¡Sus vidas estaban en peligro!

8
¿Murciélagos vampiro?

—¡Espera, Annie! Creo que nos estamos alejando demasiado —dijo Jack. Estaban tan agitados que casi no podían respirar.

—¿Dónde estamos? —preguntó Jack.

—¿Adónde habrá ido el mono? ¿Lo habrá atrapado el jaguar? —preguntó Annie mirando hacia todos lados.

—No, no lo creo. Los monos son muy veloces —agregó Jack.

"Los jaguares también son muy veloces", pensó Jack. Pero no quería decírselo a su hermana.

—Espero que esté a salvo —dijo Annie.

Cric.

Miki asomó la cabeza fuera del bolsillo de Annie.

—¡Miki! ¡Me olvidé de ti! ¿Estás bien? —preguntó Annie.

Miki se quedó mirando a Annie con sus enormes ojos negros.

—Parece que está asustada. Pobre Miki —dijo Jack.

—Pobre mono —agregó Annie, buscando a su amigo con la mirada.

—Tengo que consultar el libro —dijo Jack.

Sacó el libro de la mochila y lo hojeó con cuidado, con la esperanza de encontrar algo que lo ayudara a comprender mejor las cosas.

De repente, se detuvo ante el dibujo de una criatura espeluznante.

—¿Qué animal es éste? —preguntó. Y leyó lo que decía debajo del dibujo.

Los murciélagos habitan el bosque tropical del Amazonas. Por la noche, estas criaturas muerden a sus víctimas para beber su sangre.

—¿Murciélagos que beben sangre? —Jack sintió que se desmayaba.

—¿Murciélagos vampiro? —preguntó Annie.

Jack asintió con la cabeza.

—Atacan a sus víctimas durante la noche.

Annie y Jack miraron a su alrededor. El bosque tropical parecía cada vez más oscuro.

—Oh, oh —exclamó Annie mirando a su hermano—. Creo que es hora de ir a casa.

Esta vez Jack estuvo de acuerdo con su hermana.

—Pero, ¿y nuestra misión? —preguntó Annie—. ¿Y Morgana?

—En otro momento, Annie. Tenemos que estar más preparados para volver aquí.

—Entonces, ¿podemos volver mañana? —preguntó Annie.

—Exacto. Ahora tenemos que encontrar el camino a la casa del árbol —dijo Jack.

—Es por aquí —dijo Annie, señalando una parte del bosque.

—Es por allí —agregó Jack, marcando la dirección contraria.

De pronto, se miraron a los ojos y los dos a dúo dijeron: "Estamos perdidos".

Cric.

—No te preocupes, Miki —dijo Annie mientras le acariciaba la cabeza.

Cric, cric, cric.

—Jack, creo que Miki quiere ayudarnos.

—¿Cómo?

—De la misma manera que nos ayudó con los ninjas, ¿recuerdas?

Annie puso a Miki sobre el suelo y le dijo:

—Llévanos a la casa del árbol.

Miki salió corriendo rápidamente.

—¿Adónde habrá ido? —preguntó Annie—. ¡No la veo por ningún lado!

—¡Ahí! —dijo Jack señalando las hojas secas sobre el suelo.

Algo blanco cruzó rápidamente por encima de las hojas.

—¡Sí, ahí está! —dijo Annie.

Jack y su hermana salieron corrieron detrás de Miki, que aparecía y desaparecía constantemente entre las hojas.

De repente, Jack se detuvo.

Ninguna hoja se movía. No había señales de Miki.

—¿Dónde fue? —preguntó Annie.

Jack se quedó callado, mirando las hojas secas sobre el suelo.

—¡Jack!

Al oír a su hermana, él levantó la mirada. Annie estaba parada junto a un árbol cercano, señalando hacia arriba.

Jack miró en esa misma dirección.

La casa del árbol estaba allí.

—¡Por fin! —exclamó en voz baja.

—Miki nos ha salvado otra vez, Jack. Mira, está subiendo por la escalera.

El pequeño ratón de color marrón subía a toda velocidad por la cuerda.

—Sigámosla —sugirió Jack.

Annie comenzó a subir detrás de Miki. Su hermano la seguía un poco más atrás.

Así, los dos fueron ascendiendo poco a poco, atravesando el follaje del bosque tropical.

9

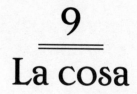

La cosa

Annie y Jack entraron en la casa del árbol.

Miki estaba sentada sobre una gran pila de libros.

Annie se acercó a ella y le acarició la cabeza.

—Gracias, Miki —le dijo con voz suave.

—Tengo que escribir algo sobre el bosque tropical, Annie. Tú busca el libro de Pensilvania.

De inmediato, Annie comenzó a buscar el libro, el único que podía llevarlos de regreso a su casa.

Jack sacó el cuaderno de la mochila.

Deseaba escribir muchas cosas. Pero, todo lo que pudo anotar fue:

El bosque tropical del Amazonas es

—¡No encuentro el libro, Jack!

—¿Cómo? —Jack observó el interior de la casa.

Annie tenía razón. El libro de Pensilvania no estaba por ningún lado.

—¿No estaba aquí antes? —preguntó Jack.

—No lo recuerdo —respondió Annie.

—¡Caray! —exclamó Jack—. Ahora no podremos volver a Frog Creek.

—Esto quiere decir que cuando salgan los murciélagos, todavía estaremos aquí —agregó Annie.

De repente, algo entró volando por la ventana de la casa del árbol.

—¡Ayyy! —Annie y Jack se agacharon.

Paaf. Un objeto pequeño cayó sobre el suelo de madera. Era una fruta roja y verde.

Jack miró hacia arriba. El mono estaba sentado junto a la ventana, con la cabeza inclinada. Al parecer, miraba a los niños con una sonrisa.

—¡Estás vivo! —dijo Annie.

—Gracias por salvarnos la vida —agregó Jack.

El mono permaneció junto a la ventana con una sonrisa en el rostro.

—Tengo que hacerte una pregunta —dijo Annie—. ¿Por qué sigues tirándonos frutas?

Al oír a Annie, el mono agarró la fruta.

—¡No! ¡Por favor! ¡No la tires! —dijo Jack agachando la cabeza.

Pero, esta vez, el mono le dio la fruta a Annie, moviendo los labios como si tratara de decir algo.

Annie se quedó mirando al mono a los ojos. Él, nuevamente, movió los labios.

—Guau —exclamó Annie en voz baja—. Ahora entiendo.

—¿Qué es lo que entiendes? —preguntó Jack.

Annie se quedó con la fruta en la mano.

—Es esto, Jack. Ésta es la *cosa* que teníamos que encontrar.

—¿Qué cosa? —preguntó Jack.

—Una de las cuatro cosas que necesitamos para romper el hechizo que le han hecho a Morgana —explicó Annie.

—¿Estás segura? —preguntó Jack.

Antes de que Annie pudiera responder, Jack vio el libro de Pensilvania en un rincón.

—¡Mira! ¡Nuestro libro! —dijo señalándolo.

—Ahora que encontramos la fruta, pudimos ver el libro. Así es cómo funciona, ¿lo recuerdas? —preguntó Annie.

Jack asintió con la cabeza. Ahora lo recordaba. El Maestro ninja les había dicho que no lograrían ver el libro de Pensilvania hasta que no encontraran lo que buscaban.

De pronto, el mono lanzó un grito entusiasta, aplaudiendo sin cesar.

Annie comenzó a reír.

—¿Cómo sabías que tenías que darnos la fruta? ¿Quién te lo dijo? —le preguntó.

El mono agitó la mano, saludando a Annie y a Jack. Luego, se dio la vuelta y se alejó trepándose entre las ramas.

—¡Espera! —dijo Jack asomado a la ventana.

Era demasiado tarde.

El mono había desaparecido detrás del follaje.

—¡Adiós! —dijo Annie en voz alta.

Después, se oyó un chillido lejano que llegaba del misterioso mundo debajo de la casa del árbol.

Jack suspiró con alivio. Buscó el cuaderno y leyó lo que había escrito:

El bosque tropical del Amazonas es...

Tenía que escribir *algo* más antes de regresar a su hogar.

extraordinario

Luego, Jack guardó el cuaderno.

Annie agarró el libro de Pensilvania y, mirándolo, dijo:

—Ahora sí podemos regresar a casa.

Buscó el dibujo del bosque de Frog Creek y, señalándolo, agregó:

—Queremos regresar a casa.

El viento comenzó a soplar.

Las hojas empezaron a sacudirse.

La casa del árbol comenzó a girar. Más y más rápido cada vez.

Después, todo quedó en silencio.

Un silencio absoluto.

10
Sólo falta la mitad

Cric.

Jack abrió los ojos. Miki estaba parada sobre el marco de la ventana de la casa del árbol.

—Estamos en casa —dijo Annie.

Jack suspiró aliviado.

Annie alzó la fruta para verla a la luz del atardecer.

—¿Qué es esto exactamente? —preguntó.

—Tal vez encontremos la respuesta en el libro —contestó Jack mientras sacaba el libro del bosque tropical de la mochila. Y empezó a hojearlo con cuidado, hasta que encontró el dibujo de una fruta colorada.

—¡Aquí está! —dijo. Debajo del dibujo decía lo siguiente.

El mango tiene un sabor dulce, similar al sabor del melocotón.

—¡Qué rico! —exclamó Annie llevándose la fruta a los labios.

—¡Eh! —exclamó Jack arrebatándole la fruta de la mano a su hermana—. Tenemos que ponerla junto a la piedra de mármol —agregó.

Y colocó la fruta en el suelo, junto a la piedra, sobre la letra M.

—Mármol, mango —susurró Annie. Estas palabras parecían una clave para el hechizo.

—Ya tenemos la mitad de las cosas —comentó Jack—. Nos faltan dos más.

—¡Después te liberaremos, Morgana! —dijo Annie en voz alta, como si ella estuviera allí.

—¿Cómo sabes que puede oírte? —comentó Jack.

—Lo sé. Puedo sentirlo —contestó Annie.

—¡Vaya! —exclamó Jack—. No me convences.

Cric. Miki se quedó mirando a los niños.

—Ahora tenemos que dejarte sola —le dijo Jack.

Cric.

—¿No podemos llevarla con nosotros, Jack?

—No. Mamá no nos dejaría tener un ratón en casa, los odia. ¿Te olvidaste?

—¿Cómo es posible que alguien pueda *odiar* a los ratones? —dijo Annie.

—¿Cómo es posible que alguien pueda odiar a las arañas? —dijo Jack.

—Bueno, eso es diferente —dijo Annie acariciándole la cabeza a Miki—. Adiós, pequeña —le dijo—. Espéranos, volveremos mañana.

—Adiós, Miki, gracias por ayudarnos —dijo Jack acariciándole la cabeza.

Cric.

Jack puso el libro del bosque tropical sobre el libro de los ninjas.

Luego se colgó la mochila y, junto a su hermana, salió de la casa del árbol.

Bajaron por la escalera y atravesaron el bosque de Frog Creek.

Las sombras del follaje danzaban con la luz del atardecer.

En ese instante se oyó el canto de un pájaro.

"Este bosque es muy diferente al bosque tropical", pensó Jack.

—Aquí no hay jaguares, ni monos, ni hormigas soldado —comentó.

—Tú sabes que ese mono nunca quiso hacernos daño. Lo único que quería hacer era darnos el mango —explicó Annie.

—Ya lo sé. En realidad, todo lo que vimos

en el bosque es naturaleza en acción. Las hormigas no iban a hacernos daños, sólo marchaban, como siempre lo hacen.

—Las pirañas hacían lo que hacen las pirañas —agregó Annie.

—La serpiente hizo lo que hacen todas las serpientes —comentó Jack.

—La mamá del jaguar cuidaba a su cría, como cualquier madre lo hubiera hecho.

—No importa, a mí los insectos no me gustan —dijo Annie.

—No tienes que *quererlos* —agregó Jack.

—Si no los molestas, ellos no te molestarán.

"La vida en el bosque tropical es así", pensó Jack. Nadie debería interrumpir la armonía del bosque.

—¿A quién le importa si los insectos no tienen nombre? —dijo Jack en voz baja—. *Ellos* saben quiénes son.

Annie y Jack salieron del bosque de Frog

Creek y caminaron por la calle de su casa. La luz dorada del atardecer brillaba sobre el asfalto.

—¡Echemos una carrera! —dijo Annie.

Y salieron corriendo al instante. Atravesaron el patio de la casa a toda velocidad y subieron los escalones.

—¡Salvados! —gritaron a dúo al entrar por la puerta principal.

¿Quieres saber adónde puedes viajar en la casa del árbol?

La casa del árbol, #1
Dinosaurios al atardecer
Jack y Annie descubren una casa en un árbol
y al entrar viajan a la época de los dinosaurios.

La casa del árbol, #2
El caballero del alba
Annie y Jack viajan a la época de
los caballeros medievales y exploran
un castillo con un pasadizo secreto.

La casa del árbol, #3
Una momia al amanecer
Jack y Annie viajan al antiguo Egipto y se
pierden dentro de una pirámide al tratar de
ayudar al fantasma de una reina.

La casa del árbol, #4
Piratas después del mediodía
Annie y Jack viajan al pasado y se
encuentran con un grupo de piratas
muy hostiles que buscan un
tesoro enterrado.

La casa del árbol, #5
La noche de los ninjas
Jack y Annie viajan al antiguo Japón y se
encuentran con un maestro ninja que los
ayudará a escapar de los temibles samuráis.

La casa del árbol, #6
Una tarde en el Amazonas
Annie y Jack viajan al bosque tropical de
la cuenca del río Amazonas y allí
deben enfrentarse a las hormigas soldado
y a los murciélagos vampiro.

La casa del árbol, #7
Un tigre dientes de sable en el ocaso
Jack y Annie viajan a la Era Glacial y se
encuentran con los hombres de las cavernas y
con un temible tigre de afilados dientes.

La casa del árbol, #8
Medianoche en la Luna
Annie y Jack viajan a la Luna y se encuentran
con un extraño ser espacial que los ayuda a
salvar a Morgana de un hechizo.

Mary Pope Osborne ha recibido muchos premios por sus libros, que suman más de cuarenta. Mary Pope Osborne vive con Will, su esposo, en la ciudad de Nueva York, y con su perro Bailey, un norfolk terrier. También tiene una cabaña en Pensilvania.